曙　光　的　序　章

三　月　え　み

Contents

Daylight prologue

第三學期是他人的右手
前篇

同班的甲斐輝一帶著少少的行李來我家住，是大概12月中的事情。
你哥哥已經替你付過生活費了，
所以你儘管把這裡當自己家，不用客氣。
畢業後繼續住在這裡也沒關係喔！

注：TM NETWORK為日本音樂團體。

商魂
不過說真的，你們在今年把房間空出來，對我們來說也是好事。
想在過完年後搬家的新房客不就可以馬上住進去了？
你們也省下房租，這就是所謂的雙贏？
總之你就放心住在這裡，不用客氣喔！甲斐。
好的。
謝謝體諒。
是不是很勉強？
不會，我很好。
肯定很勉強吧？
就算可以省房租，如果要我去同學家寄住，
我也不是很想。

不過第三學期要忙的事情很多，
難得有機會一起住，我們好好相處吧！
啊！你住右邊最後一間。
如果我真的不願意，寧可付房租也會拒絕。
謝謝你替我擔心，新奈。
輝一雖然跟我同班，但我們幾乎沒有說過幾句話。
他就是那種「獨來獨往」，在班上存在感很稀薄的人。
我們的交情僅止於鄰居間偶爾打個照面而已。
第二學期到今天結束！
這是高中最後的跨年，好好享受吧——

之前也警告過你們，第三校舍的牆壁又多了很多塗鴉，
不要因為校舍要重建就覺得可以去塗鴉，知道嗎？
12月24日
休業式
哈哈哈哈！
如果有喜歡的人就直接跟對方告白，不要寫在牆上！
你不去看嗎？
哈哈哈哈！
笨蛋！特地跑去看卻找不到自己的名字，豈不是更受傷！
呼啊……
哈哈哈哈！
就是說不出口才用寫的嘛。
對啊！喜歡就告白也太極端了～
クス
大家聽好了，今天可是高中最後一次的聖誕夜！
以上！
老師也希望有人寫他吧？
如果是壞話那已經寫了。
クス
哈哈哈！爆笑！
クス
大家都好拚命。
新奈，你去牆壁那邊看過了嗎？
咦——？沒有啊。
是喔——
看一下比較好喔？

哈哈哈哈!!
沒錯沒錯!說不定上面有你的名字?
沒有沒有。
唷——一定有啦——
哼……
也就是說妳寫了我的名字,叫我去看就對了?
新奈同學,待會有空嗎?
方便的話一起……
啊——
抱歉,我今天有事。
再見!

輝——
我們去看校舍牆上的塗鴉吧！
呃……
我就免了。
你不想知道大家都寫了什麼嗎？
沒興趣。
別這樣，走啦走啦！
……哇！
搞什麼？人也太多了！
又不是看榜單！
わい
わい
わい
わい
禁止塗鴉!!
我來了
5班再見
……我知道了，
新奈，你也是來找自己的名字吧？
沒辦法啊，
好像有人已經寫了。

啊！找到了！
不會吧！真的有一個，誰寫的？
那個木曾指的應該是我吧？
哇？
啊──!?喂，輝一！
你看那個！「甲斐」是寫給你的吧!?
新奈同學 我喜歡你
我幫妳加油 里菜
澤元 讓我上一次
我也要
我也要
我以前好喜歡高見
我喜歡木曾
坐下
川本
阿涼 我好喜歡你
田本真的很討厭
是3班的田中啦
我喜歡麻梨乃。
希望在聖誕節前交到女友
沒錯
前川 跟我交往吧
090-860
打電話給我
喵
甲斐 我喜歡你
大家恭喜畢業啦
我不想畢業
粗暴的
碰──!
喂──！挺有一套的嘛！
你猜得到是誰嗎？
就說我沒興趣了。
咦!?

把心裡話寫在這種地方，一點意義也沒有。
如果不告訴本人，就只是自己寫爽的而已。
蠢死了。
說得也是。
自爽！我懂——
哼～意思是你對這種庸俗的事沒興趣嗎？真清高～
不過這也在我的意料之中。
……對了，新奈。
什麼事？
你跟我一起回去，這樣好嗎？
女朋友……
啊——老實說我覺得交女友很麻煩，現在還不需要。

那你的朋友……
沒關係啦！今天要在家裡跟你開交流會！
交流會？
沒錯！我們平常也沒什麼機會聊天。
新奈，你人真好。
人真好？這很普通吧？
因為你還特地為我辦交流會……
我們回來了～
不用在意，我也跟別人辦過。
是個普通的男人交流會啦！
爆射
兔子
處女學園
乳
射

你覺得怎麼樣！
這可是某個女校學生的無碼片喔！
是我用房東的特權請清潔大哥幫我弄來的。
不要告訴我爸喔！
不管看幾次都覺得有夠好用……你一定要用用看～～
想像畫面
呼……
呼……
呵呵呵……再裝高尚也是個男人。
看我用這個無敵道具揭穿你那張冷漠的面具。
不過對於這你覺得怎麼是不是不太慣看這種…
真無聊。

首先，這個演女高中生的女優，
她隱瞞年齡，不是十幾歲而是四十幾歲。
咚！
!?
不過我大哥倒是覺得應該誇獎她勇於挑戰。
大…哥……！
驚覺！
沒錯……大哥因為工作的關係，對這類的資料（中略）…
……所以這些我全都看過了。
還有這片雖然號稱無碼，但內射是假的，劇本還很爛。
另外那片OL系列是我的地雷。
只想叫他們專心工作。
新奈，
這點程度就能讓你射了？
呵…

騙人……你其實超猛的!?
動搖
那推薦我一些不錯的吧!我會好好鑑賞的!
…咦!?
啊?
伸手
……到頭來,
我覺得這個才是最棒的。

「他人的右手」。
你要試試看嗎？
……咦？
……當然。
先等一下。

兩個男人做這種事，事後可以用一句玩過頭就帶過嗎？
但這是交流會又是聖誕夜，沒關係吧？
…沒關係嗎？
今晚是聖誕夜～！
每年廣場都會像這樣在樹上點燈。
討厭，都這麼晚了。
我跟孩子們說好，吃晚飯之前要先切蛋糕了說。

呼…
新奈！
撫~…
拉…
你們兩個要下來吃蛋糕嗎？
還是要切一切端上去？
…不、
不用！
馬上下去！
カチャ
カチャ
……那得馬上讓你射才行。
ムニュ
笨蛋……我不是那個意思！
呀！…哈哈哈！
停下停下！果然還是太害羞了……
顫抖
不妙……

真的不妙，輝一快停⋯⋯
哈哈哈⋯⋯啊⋯⋯
我真的會射喔！
沒關係，射吧。
就跟你說⋯⋯不可以⋯⋯啊！
呼⋯
等等⋯⋯啊！
咕啾
咕啾
新奈⋯⋯你太大聲了。
嗯唔！
顫抖
嗯——！！
不妙⋯⋯不⋯⋯
嗯！
嗯！
呼⋯
——如何？
很爽對吧⋯⋯⋯他人的右手。
套弄
套弄
套弄
套弄

輝…一…啊！
我要射了！
呼…
顫抖
呼…
呼…
ビュク
——啊！
啊…啊…
呼…
顫抖
呼…
呼…
顫抖
抱歉…
真的很抱歉…
手…
被我弄髒了…
面紙面紙…
沙沙
沙沙
呼…

慌張……
真的很抱歉……
擦拭
擦拭
去樓下好好洗個手。
呼……
話說回來，你也太認真了……
…啊！
…怎麼說呢，看見……你的表情後，我也硬了……
…所以……
…抱歉。
新奈！快下來吃蛋糕！
東西都沒收，快點過來！

啊！
我不吃，你先下去吧。
嘰…
…
媽媽。
我跟輝一晚上再吃，先把蛋糕冰起來吧。
今天是聖誕夜，也是交流會。
祝大家聖誕快樂！
先出手的人也是輝一。

這就是所謂的不可抗力。
……這是回禮，你不用在意。
チュ
第一次碰別人的下體，
超級硬，
好燙……
……新奈。
呼……
…

你還是硬的。
按……
要再做一次嗎？
……
彈出
呼……
怎麼辦？

開關已經徹底打開了。
搞什麼呀！今天可是聖誕夜！聖誕夜耶！
哈哈哈！
等一下就會去逛街了啦！
呼…
嗯…
咕啾
咕啾
咕啾
唔…
嗯…
顫抖
呼…
唔…
呼—
呼—
咕啾
咕啾

輝……一……
呼……
我也……不行了……快射了……
呼——
呼……
……新奈，
聽說……
這裡有個讓男人很舒服的地方……
按
啊！
顫抖
你知道嗎？
……等等……
啊！
顫抖

噗啾噗啾……
ビクッ
ビクッ
唔啊！
啊—
ビクン
ビク
啊……
你這個笨蛋！
不要摸奇怪的地方……
ズキン
呼……
ズキン
呼—
……我射了之後，
就會結束……
……所以，後面稍微借我一下。
唔？

咦!?
沒事……我不會插進去。
夾著而已……
滑入…
嘰…
夾著…啊!我懂了!
嘎嘰…
嘎嘰…
就是股交!
ヌッチ
ヌッチ
ヌッチ
總覺得…
這種狀態,
我好像成了女人。
……我啊,
呼…

對於牆上的告白……可能有頭緒。
……真的？是班上的人嗎？
嘰…
是我……認識的人嗎？
嘰…
你猜呢……
不過……一點都不重要……
嘎嘰！
咕啾
咕啾
嘎嘰！
為什麼？
嘎嘰！
問我……為什麼……
啪
呼！
嘎嘰！
嘎嘰！
啪
……那個人……其實也不在意吧……
嘎嘰！
呼……
啪
呼…
所以才會寫在……無法將心意傳達給對方的牆壁上……
嘎嘰！
啪

嗯唔！
噗咻！！
呼——
呼——
呼……
ヌチャ
嘰……
ヌチャ
呼……
嘎嘰……
呼……
喂，你們兩個，
這是高中生涯最後一個聖誕夜吧？你們都沒有女朋友嗎？

嗯……我忙著準備考試~
考試有什麼好準備的？
謝謝。
你不就因為不想捲入應考戰爭，才選了現在的高中？
可以直升大學。
結果呢？這可是聖誕節喔？
你習慣先吃草莓？
因為會被大哥搶走習慣了。
兩個男人躲在房間裡，乒乒乓乓吵死了。
咕嚕！
怦咚—
玩電動沒關係，可是要安靜一點。
怦咚！
喝茶。
怦咚！
知…知道了。
這年頭啊，女朋友想交多少就能交多少。
哈哈哈！
我們那個年代要跟女人交往可是很辛苦的。
沒有手機也沒有網路。

哈哈哈哈
我也好幾次自暴自棄，想說乾脆跟男性友人在一起算了。
啊
說到這個，年底的時候，
我們家裡人都會回阿姨的老家。
輝一要不要一起去？
……
……不了，我留在這裡看家吧。
可是…
那我今年也跟輝一一起看家。

是嗎？只有你們兩個，吃飯的問題怎麼辦？
……
隨便都能解決，可以叫外送之類的。
啊……我會煮飯。
可以連他的份一起……
哎呀。
太優秀了。
因此
12月31日
過年蕎麥麵
所以呢，
到一月三日為止，家裡只有我們兩個，麻煩你了！
主要是三餐。
哈哈哈哈！
請多指教。
哈哈哈！

…那個，讓你留下來陪我，真不好意思。
沒關係啦！去鄉下也很無聊。
哈哈哈哈！
哈哈哈！
而且，
一個人住在別人家裡，一定很寂寞吧？
寂寞？怎麼會。

……我又不是小孩子。
春天之後就是社會人士了喔？
不管怎樣，到一月三日前都請多指教。
我都知道。
吸鼻
謝謝照顧。

只有我知道。
怎麼可能不寂寞。

END

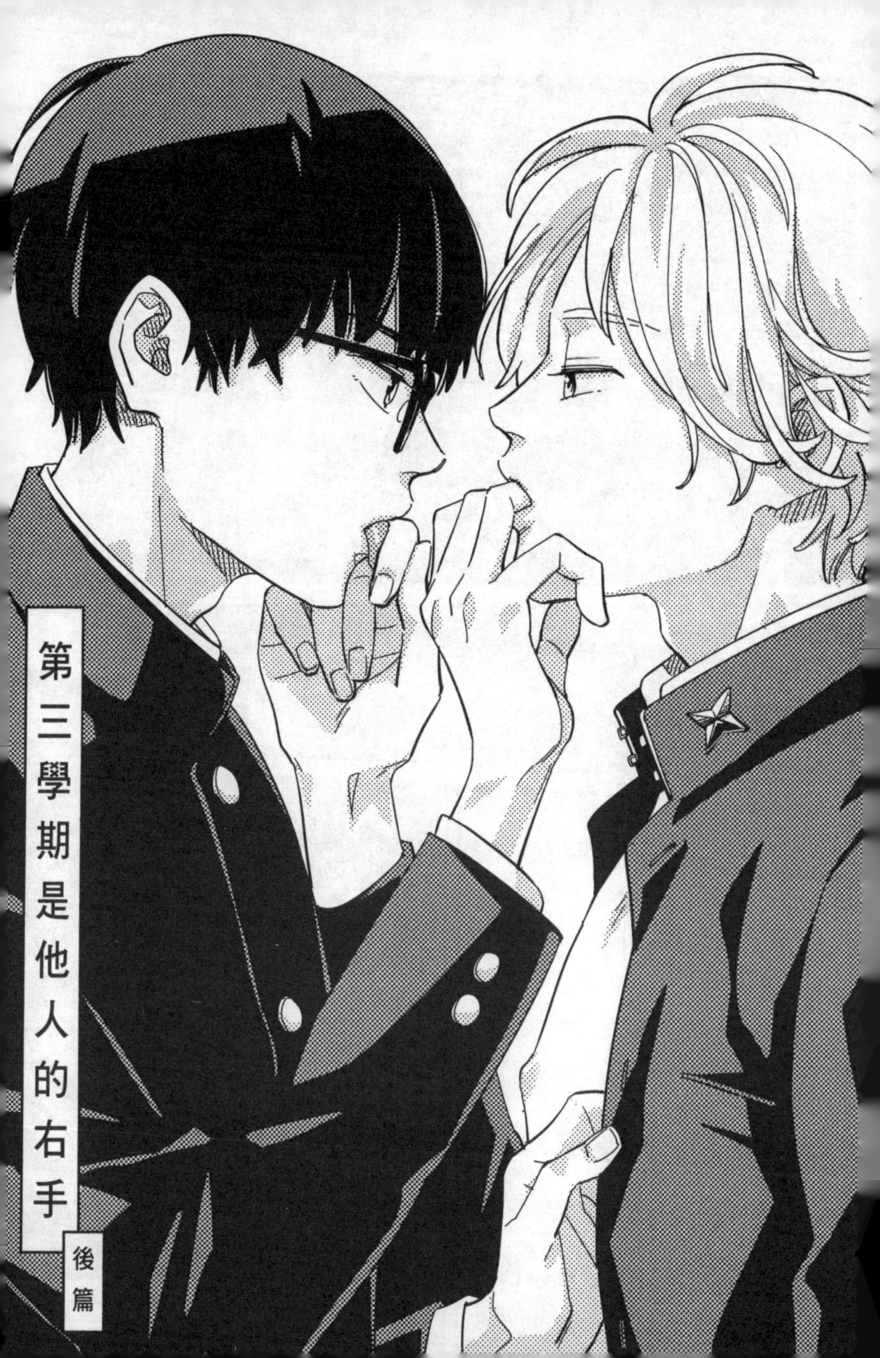
第三學期是他人的右手
後篇

新年快樂！
新年到了，我還停留在去年。
哈哈哈哈！
挌…
一震
……新奈，我也借你右手。
哇——哈哈哈！

……嗯。
按……
……不要緊。
一切發生得很自然。
欸…這個東西，真虧你想得到。
滑溜溜。
呵呵呵……
ヌル
這是常用的道具啊？
是喔…
今天是除夕，我們兩個在幹嘛……呵呵…
ヌル
ヌル
OLIVE

顫抖
呼……
咕啾
呼……
咕啾
提議的是你，現在還說什麼？
那是因為，
我在想……你是不是很寂寞……
……總而言之，
呼ー
呼ー
我今天要比你持久……
很難說。
舔…
呀……
啾…
ビク
……喂，你做什…呀！
啾…
哈哈！
啾…
哈哈哈哈！癢死我了…啊！
哇！
吸吮…

嗯……
嗯唔！
啾…
啾…
嗯！
ピク
唔…
等等…
太快…
輝…一…
等等…啊！
啊！
脫下
等…等……
那就，
盡全力
拒絕我。
……噫！
ビクン
※驚

戳
喂…
幹嘛…啊！
啊！
插入 插入
你把手指插進來了？
按壓
不可以……進……
新奈，
呼
呼…
啊！
不願意就拒絕我。
唔！
咕啾咕啾

クチュ…
我不會停下來喔？
嗯…唔…
由提出邀約的你主動喊停。
啊！
咕啾
咕啾
咕啾
哇……
啊！
射、
嗯…啊！
ビピッ
唔！
ビクン
射了…
ビク
呼……
啊……
新奈，快點阻止我！
呼…

呼
呼……
呼
……新奈，
拔出
快點……
抵上
呼……
拒絕我！

ニュグググググ
不然的話……
我要插進去了。
呼
推進
推進
顫抖
進去…
了……
進入
進入
啊…
呀……
呼—!
顫抖
顫抖

呼…
呼…
跟我交往吧
呼…
甲斐
我喜歡你
業啦
呼…
洩了…
呼…
呼—
呼！

呼
呼……
呼——
呼！
呼……
進……
呼
進去了……
呼

ズルゥ
……哇！
果…
唔
唔
グニュウ
呀！
果然不行！
拔出來，輝一！
不…不可能！
顫抖
顫抖
對不起！
對不…
喀噠
停下來！
現在讓我們與現場的記者連線
喀噠
喀噠
擠入
討厭…我不要了！
呼…
呼
擠入
好痛！
住手…
咕啾
咕啾
咕啾
好……

不……
不要……
啊
好可怕！
輝一！
驚
呼
呼！
呼！
出！
呼……
啊……
抱歉，
我太超過了。
呼…
呼…
呼
真的很抱歉。
呼！
啊……
不是的……
對不……
呼！
我沒事。

我只是……有點嚇到而已！
繼……
……繼續！
はぁ
拜託……我真的沒事！
ブル
……我也……很有興趣……
呼
ブル
抱……
呼

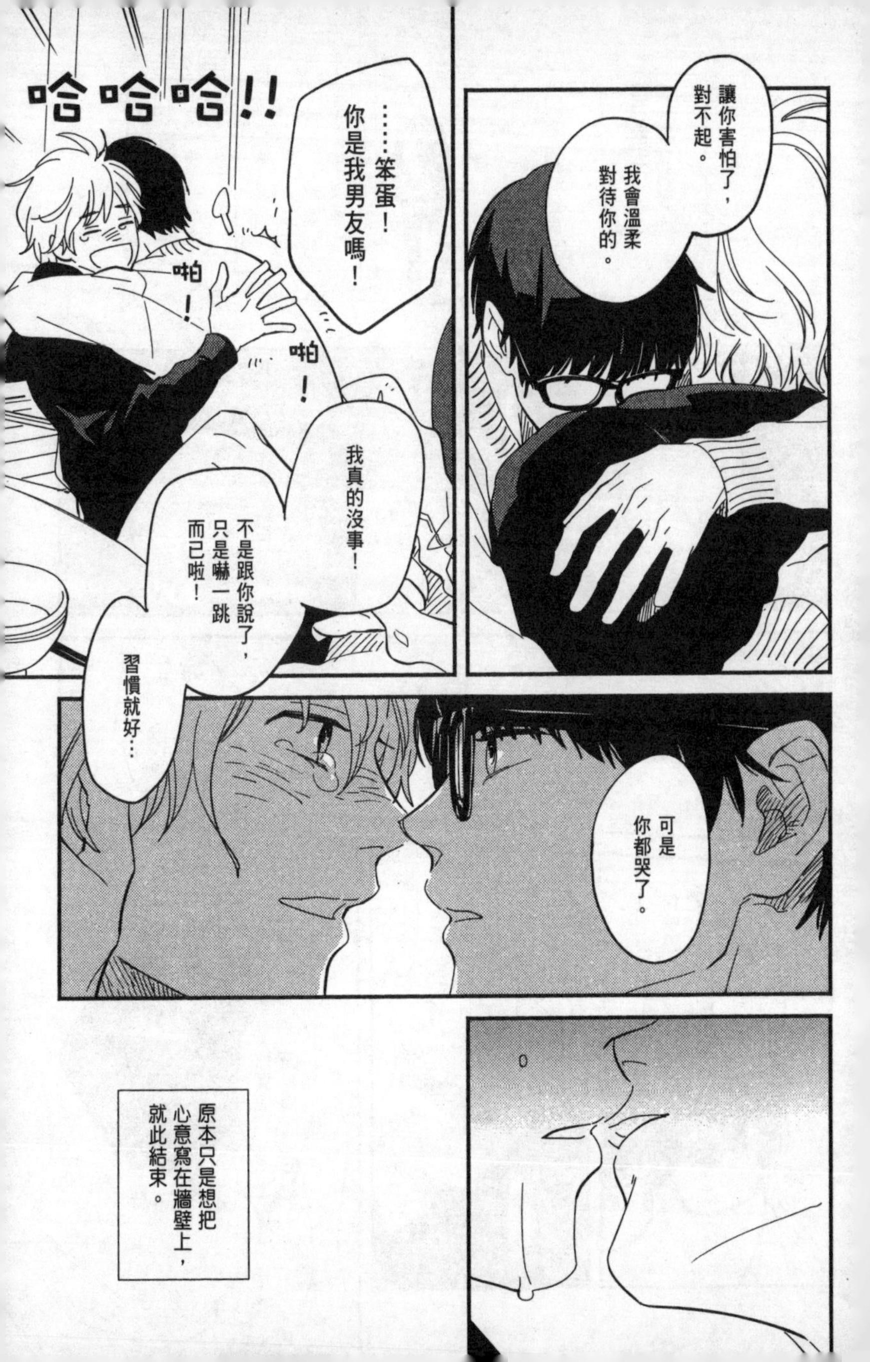
讓你害怕了，對不起。
我會溫柔對待你的。
……笨蛋！你是我男友嗎！
哈哈哈！！
啪！
啪！
我真的沒事！
不是跟你說了，只是嚇一跳而已啦！
習慣就好…
可是你都哭了。
原本只是想把心意寫在牆壁上，就此結束。

然後在將來的某一天，
自己回去笑一笑就算了。
♪
♪
呼——
呼……
♪
呼……
ミチ…
呼！
……新奈，
呼——
啊
你真的沒事嗎？
沒事……
呼——
輝一……
你快點動起來，
讓我舒服……
呼——
呼

嗯！
ズンッ
※猛進
嗯！
抽送
抽送
啊
……糟糕、我快……射了……
呼！
呼！
呼！
真的……真的……好舒服……
抽送
顫抖
抽送
咕啾……
呼——
真的會有平心靜氣微笑的那一天嗎？

如果第三學期
可以永遠
不要結束就好了。
嘩啦…
這麼為難你，
真的很抱歉。
抱緊…
…我原本，
以為我才是
抱你的那一個。
哈哈哈！

好像……
輸給了你的男友力，
……有種變成女友的感覺。
パシャ
如果你是女孩子，
就不能輕易跟我互借右手了。
幸虧我們都是男的。
滴落……
喂，新奈。

你脖子上有痕跡。
是吻痕吧。
…哎呀。
剛過新年就交了個大膽的女友嗎！直升組就是悠哉啊！
你看，一堆女孩子在那邊大叫失戀了。
真可憐－
新奈，現在是你的桃花期高峰嗎？
果然做到天昏地暗嗎……
啊……是喔……
咦？這個嘛……
啊——不要說了！
外校應試組↓
我也好想早點考上學校談戀愛……
……
去牆上寫個上榜祈願好了—

一月以來，我完全沉溺在輝一的懷裡。
……如果繼續吻在看得見的地方，
不只是朋友，連阿姨他們也會發現喔？
哈
他們會以為我有女朋友，不是很好嗎？
呵！
呵！
呵！
呵呵呵！
誰也不會料想到，我的對象居然是「甲斐同學」。

……拿掉我的眼鏡很開心嗎？
嗯！
嘻嘻嘻！
你真奇怪。
因為只有我知道。

喜歡的音樂和食物、
拿掉眼鏡後的臉、
剛洗完澡的濕髮、
喜歡接吻，
還有非常溫柔。
嘴唇好可愛。
就連陽具的大小
和高潮時的表情，
我都知道。
其實很愛笑、
擅長打電動、
吃東西會先挑愛吃的、
喜歡下廚。
這是德國豬腳。
?!
絕對不承認寂寞的
那份逞強。
還有將這些
全部告訴我——

沒錯。
我跟輝一是彼此的右手代替品。
如果沉溺於我可以讓他稍微忘掉寂寞，我求之不得。
我做了義式燉小牛膝、海鮮義大利麵和鹹鱈魚泥佐玉米糕。
好厲害——
贏不了——!!

我跟輝一共度的，
起起伏伏的第三學期，
真的好短。
書頒發典禮
要拍囉—
待會要幹嘛？
好寂寞喔—
新奈，
你看過牆壁了嗎？

之前看過了。
有兩個寫我。
聽說後來又增加了。
反正最後一次了，在牆壁打掉前去看看吧！
事到如今，
我不想畢業
甲斐
我喜歡你
早川
喜歡
恭喜
畢業啦
啊——！
我還是…
我只是單純不想看到自己寫下的自爽文。
太婆婆媽媽了
回去吧…
唉…
啊
你看！
這個跟那個都是寫給你的吧！
新奈同學
我喜歡你
澤元
讓我上一次
真的很討厭
五班的大家
最喜歡
你們了喔
快樂
笨蛋

啊——兩個我都知道是誰寫的。
大概是這個人
還有喔！
啊！你看！這個和……
快點
我喜歡新奈
藤村
兔子
恭喜你上榜
落榜了吧
蛋
我曾經喜歡過野中老師
我不想畢業
新奈，我喜歡你
這個也是吧？
就算畢業也不
……啊，我也找到一個。
新奈
我不想跟你分開
快
不——很難講喔？
你也太搶手了吧？氣死人了！
全部都是「新奈」。字跡也很像。
說不定全都是同個人寫的？

不妙——我沒想過這個可能性。
如果都是同一個人，那肯定很難搞吧。
可怕——
不小心就會演變成跟蹤狂。
哈哈哈！
新奈
我不想跟你分開
快點畢業
兔子
藤村
恭喜你上榜
我喜歡新奈
我曾經喜歡過野中老師
落榜了吧
新奈 我喜歡你
美千代
沙羅
真奈
我們要一
沒錯
恭喜畢業
我不想畢業
我都沒想到，
一件非常重要的事。

婆婆媽媽的人
可能不只我一個。
5

真的很謝謝大家的照顧。
回來的時候，隨時都歡迎你來我們家坐坐！
社會新鮮人！好好加油啊！
バシ
バシ
バシ
謝謝你們讓我寄住，這份恩情我不會忘記的。
是我。
我提議讓輝一來家裡住的。

新奈，現在講這個幹嘛？
那時候跟我們說甲斐是重要的朋友，怕他一個人會很寂寞，
你當時還真拚命。
以結果來說對我們家也有好處，我們就答應了。
哈哈哈
只是沒想到新奈跟甲斐的關係這麼好。
這個世界很小嘛。
……當初，
要是鼓起勇氣就好了，我很後悔。

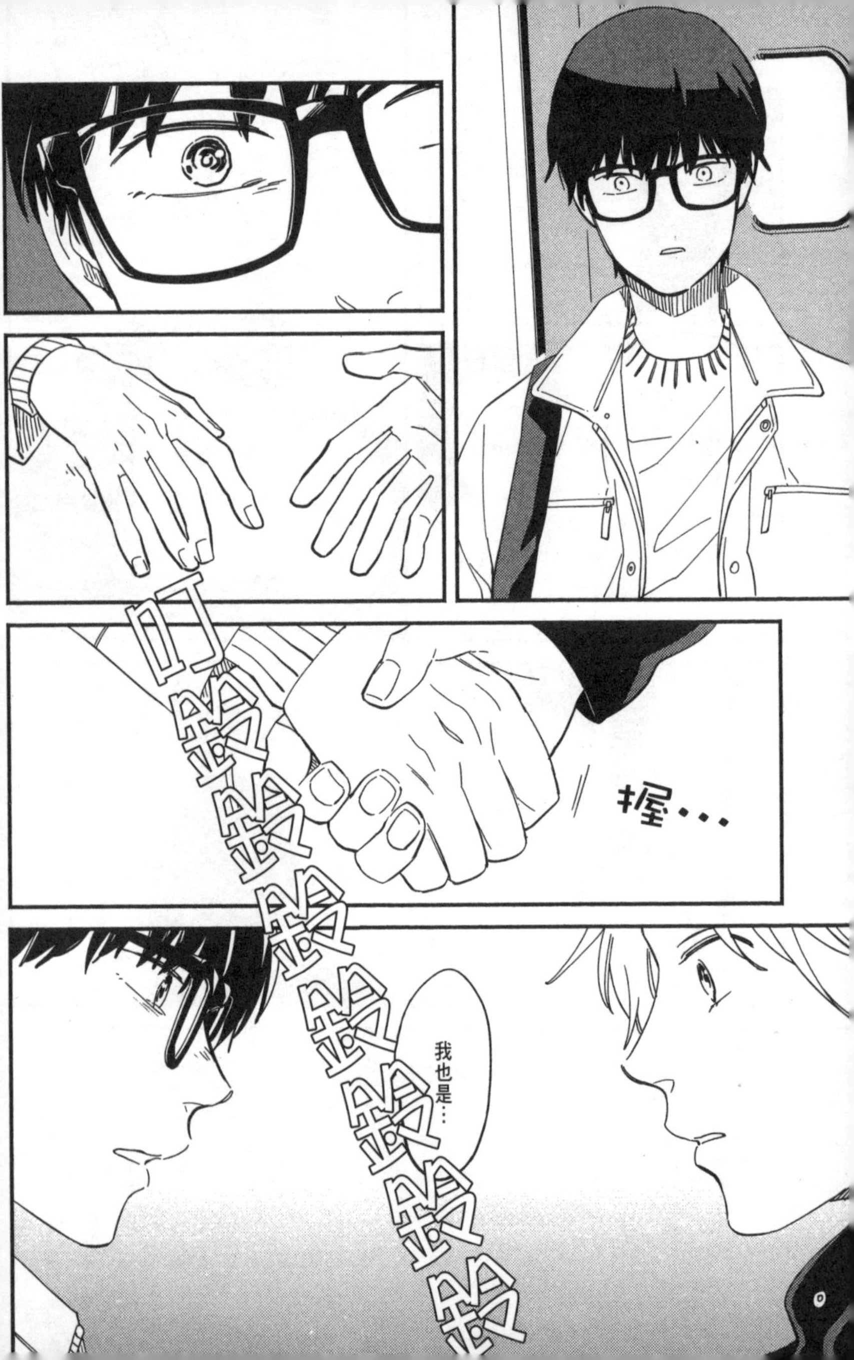
握…
叮鈴鈴鈴鈴鈴鈴鈴
我也是…

噗咻
喀
鏘
輝……
我本來不打算說的。

本想想把我們兩個之間的事情，
當成一個美好的回憶就算了。
可是我心中只留下後悔。
新奈……
……我好寂寞。
禁止塗鴉!!

呼
我也差不多。
真的？
跟你一樣婆婆媽媽。
捏
…呵呵！

話說回來！在牆上重複寫我名字的是你吧！
少女嗎!!
我有什麼辦法!!
寫過一次之後就停不下來了!!
不過先寫的人是我。
跟我交往
甲斐 我喜歡你
我不想畢業
不，
先寫的是我。
我喜歡木曾
川本
上一次
「木曾」那句……是我寫的。
咚——
自爆
誘爆
所以，
那個……
吸鼻……
我們是什麼時候開始兩情相悅的？

我是在…
等等。
現在說出來太可惜了。
以後我們兩個再慢慢聊吧。
先打電話給父母
啊—腳一跌倒了結果就不小心把我也拉進車廂裡？

END

再見了遠行的右手
前篇

12月，
我在這座城市的高中當行政人員，這是上班後的第一個冬天。
距離我將右手借給新奈，已經快要一年了。
集めてゲット*
抽選
1等
2等
3等
Merry Christmas
我長這麼大，
從來沒有挑禮物給別人…而且還是送男人禮物。
GIFT
他可能想要的東西
DAP（很貴）
他有手機了
而且人各有喜好
說不定送這個
反而給他添麻煩
每天都認真煩惱著。
我想送的東西
自己覺得看起來
跟新奈很像的小熊（便宜）
送布偶可能也會
讓他覺得困擾

嗯——
果然，還是應該直接問本人想要什麼？
但如果要開口問，送現金不是更快……
我開始覺得挑一些符合他口味的A片可能不錯。
每次都是這個結論
Merry Christ
這是我人生第一個有戀人的12月。
去年的這個時候，
我還坐在教室的窗邊，計畫著如何將一切化為美好的回憶。

對象是班上
屬於「一軍」
的男同學。
有意見的話
你來選啊！
哈哈哈！
隨便哪個
都好啦！
我則是在連
朋友都沒有的
「外野」。
啊……
不好。
像個路人的我，
住在那個同學家
出租的公寓裡。
明明比誰
都要靠近他，
現實中卻離得
比誰都遠。
所以去年12月，
決定要暫住在
新奈家的時候，

一想到這可能是最後的機會，
便出現了連我都不認識的自己。
那一天，我將右手借給新奈。
咦？喂——
是甲斐！
真巧——

啊……越後先生！你好……
你在做什麼？買禮物？
該不會是送女友的吧？
呃……不是。
我想也是——
……什麼叫「我想也是」……
搭肩…
因為你有種純真無暇的感覺嘛。
連背包都是高中時代的東西。
眼鏡和圍巾也都是高中時代的。
今天也靠好近……
我真的不擅長應付他。
這個人是跟我在同高中當學校行政人員的越後先生（28）。
經常讓女性會錯意的爽朗草食男。
除了跟人相處的距離太近以外……是個好人。
啊……我來介紹，
這位是我的未婚妻……
我叫做高峰。
甲斐先生！我常聽他談起你～說你很年輕!!
謝謝你回信答應參加我們的婚禮。

啊……謝謝你們發喜帖給我。
那張喜帖全部都是我親手做的！
我跟朋友在比賽誰的婚禮更講究。
所以我們連婚禮的日期都配合好了～
還要比新居和小孩呢～～
哇……
所謂的「好人」只是表面上而已。
他其實是個頂級人渣。
還是肉食男。
昨天分開之後，
朋友找我去聯誼湊人數。
悄聲
悄聲
悄聲
我吃了一個超級巨乳～
兩小時三次!!
……你又出軌了嗎……
← 結帳
算玩玩？比起為了跟朋友一較高下而結婚的笨女人，我好多了。
啪哩
……那你為什麼要跟那種女人結婚啊……
咀嚼
啊——應該要約你一起去才對——

他最惡劣的地方，
就是只在我面前露出本性。
越後先生，你們在聊什麼？
可以坐你旁邊嗎？
啊……惠那老師！
請坐請坐。
沒有啦……我拜託甲斐在婚禮上致詞～
害臊害臊
咀嚼
哇——你在欺負菜鳥。
哪有哪有。
咳咳！
咳咳！
我在這間學校一直都是一個人工作，
所以很感激這位進來幫忙的後輩。
我人生最棒的舞台……我想交給他！
討厭，越後你哭了嗎？
面紙！面紙！
哇……
咳咳！
那絕對是忍笑的眼淚……

事務
這樣的人渣居然在學校當行政人員，看來這個世界也完了。
不過這裡的行政只有我跟你兩個人而已。
無論多討厭，也不能輕易辭掉公務員的工作，被分發到行政人員更是奇蹟。
也就是說，在我們兩個之中誰先轉職之前，不好好相處就會非常尷尬，因此我必須接下致詞的事!!
以你的個性，我猜你的腦子裡正這麼想吧？
是，跟你猜的差不多。
工作中請不要聊天。
畢竟你是最討厭致詞之類的陰沉宅宅嘛。
糟糕——我把心裡想的事情直接說出來了！
你也沒說錯。
別這樣，我是認真的……我早就決定要請你致詞了。
我怎麼看都是臨時起意。
哎呀……你這麼一說，可能真的是這樣吧。
到底是怎樣……

你對我的過去一無所知，
又跟現在的我交情不錯，我就是想拜託這樣的人。
……難道你以前是不良少年，曾經鬧過事？
嗯──差不多吧！
我送這個去職員室。
那種東西明天再送就好了！
一到12月，下午經常有學生過來，你就乖乖待在這裡。
叮咚！
看吧，來了。
※喀啦
請進……
不好意思打擾了……
你好！
請問這個人是甲斐先生的朋友嗎？

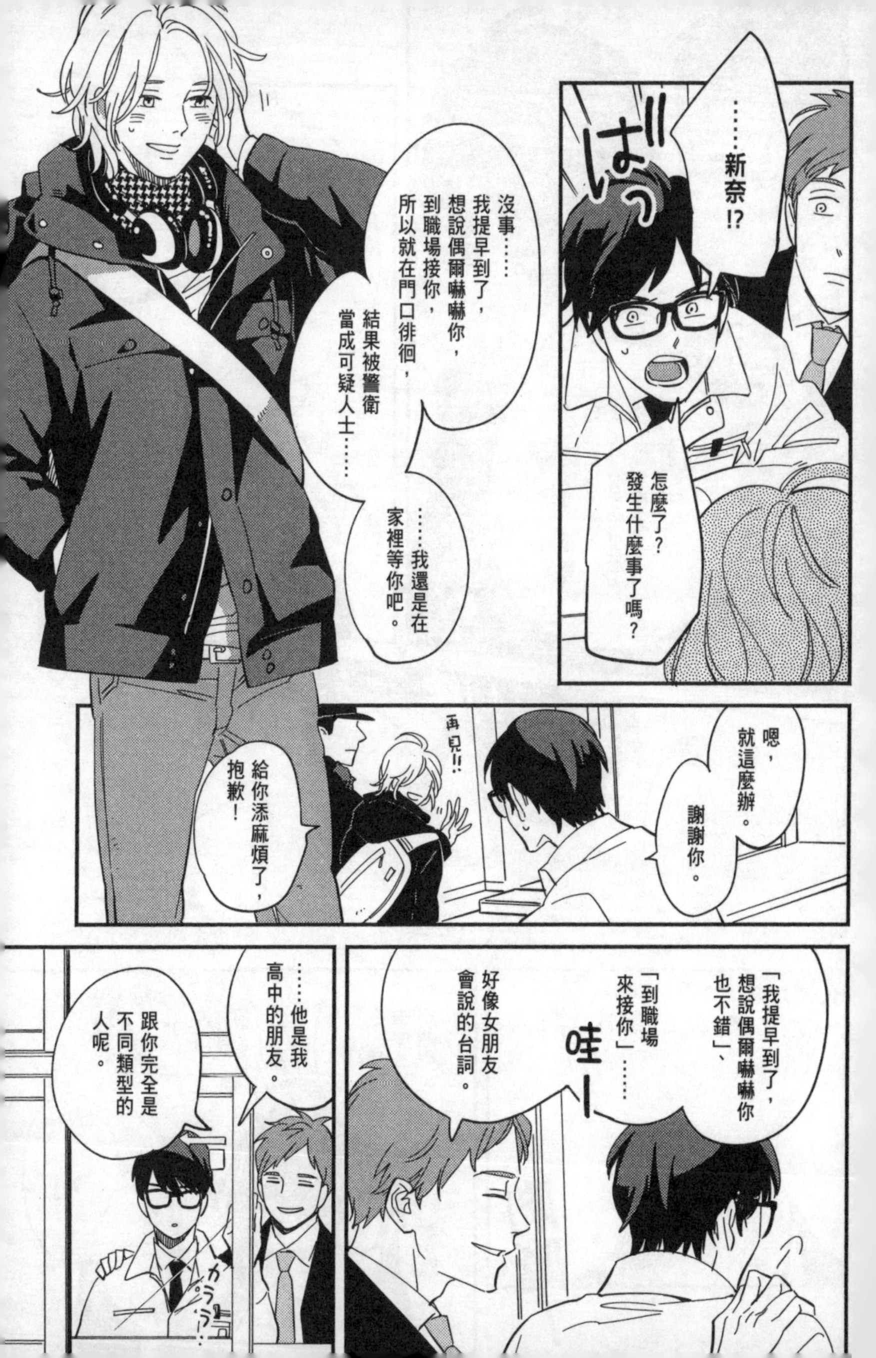
……新奈!?
はっ
怎麼了？發生什麼事了嗎？
沒事……我提早到了，想說偶爾嚇嚇你，到職場接你，所以就在門口徘徊，
結果被警衛當成可疑人士……
……我還是在家裡等你吧。
嗯，就這麼辦。
謝謝你。
再見!!
給你添麻煩了，抱歉！
「我提早到了，想說偶爾嚇嚇你也不錯」、「到職場來接你」……
哇ー
好像女朋友會說的台詞。
……他是我高中的朋友。
跟你完全是不同類型的人呢。
カラララ…

我知道喔？
像你這樣的個性，特別容易崇拜那種類型的人對吧？
抓
崇拜過了頭又沒辦法跟對方成為朋友，肯定一邊妄想自己被他激烈侵犯一邊打手槍吧！
…………
……咦？
你那是什麼表情？
……我還是去職員室一趟吧。
嘿！
啪噹！

……很可惜，
不是我「被侵犯」，而是我「瘋狂侵犯他」。
其他的倒是猜對了。
哈哈哈!!
輝一，你要致詞嗎!?
我不知道該說什麼……
那個人真的渣到不該在學校工作。
你別勉強自己，不如拒絕？
可是行政人員只有我們兩個。
在其中一個轉職之前，果然還是得好好相處…
……可惡，越後先生也說了一樣的話。
？
唉…

婚禮啊……真好。
……我說說而已。
……怎麼了？
……沒事，
只是覺得每次見你，你散發出來的氣質都不太一樣……
已經完全不像那隻熊了……
是嗎？
你倒是跟以前一樣，完全沒有變。
亂抓
新奈為什麼會喜歡上我呢？

害怕答案所以不敢問的我，
跟漸漸改變的新奈剛好相反，
我拚命努力讓自己不要改變。
因為只要我沒變，應該就不會被他討厭吧。
……對了，輝一……
什麼？
我下星期也可以來嗎？
當然可以……只是如果聖誕節也過來，那交通費……
沒關係，我自己出。
這怎麼行，我也要出。
不用。

抱緊
……我最近完全不行。
……靠自己的手沒辦法高潮。
……可是，你不要誤會喔！
我不是為了高潮才來找你的……其實只要能見到你，我就很開心了。
……就算，
你是為了高潮來找我，我也高興。

我們兩情相悅，
這就夠了。
我不奢求
從新奈身上
得到更多。
叮咚！
真的好可愛
傳給你看
我看看
叮咚！

甲斐輝一
TEL
MAIL
滴
彈出
嘰
嘰
輝一……手機……
不用管。
會打給我的不是你就是越後先生。
……嘰

真的沒辦法高潮嗎…？
欸…你接電話啦~
真的不用。
抱緊
搓弄
用我的手就能高潮？
嗯……
是說，
我現在就快射了……
呼
呼…
……唔！
握

呼……
啊！
唔……
顫抖
顫抖
啊……
抱歉……
噗咻
呼
呼……
這到底是什麼魔法……
我可能……
沒有你的右手就活不下去了……
讓我帶回家吧……
……抱歉，我接個電話。
吵死了。
喂？

甲斐！我現在可以去找你玩嗎？
嗡
現在…!?不可以，朋友在我家……
有什麼關係？
當然有關係……請你不要過來。
致詞的事我也想跟你詳細談談。
喀嚓！
喔……那件事下星期再聽你說吧。
哇！
一下下就好了，十分鐘也行。
舔…
不行…不可以……唔！
別這麼掃興嘛。
喀！

106
甲斐
我已經來到你家附近了。
咦咦…？
不行…總而言之…
啊……
今天……真的沒辦法，對不……
ジュッポ
ジュボ
嗯……
顫抖
ヌチ
ヌポッ
ジュポッ
越後
通話中…
滑
咕啾
咕啾
是嗎？知道了。
那就下星期再說。

嘎嘰
……新奈。
嘎嘰……
呼
我還沒洗澡……
呼……
……已經太遲了。
呼……輝一……
黏膩……
呼
……我已經，
事先……準備好了……
快點……

進入……
……等、
咕噗……
……等……
クチュ…
唔……
流出……
……啊！抱歉。
呼
呼
一插就射了…
抱歉…唔！

為什麼要道歉？
ギッ
※嘎嘰
因為……
呼
呼…
靠自己…沒辦法高潮…
這樣太奇怪了……
對不起，大概是我把你變成這樣的。
嘎嘰…
挺入
唔！
ガク
啊
ガク
好深…
ギッ
對不起。
ギシッ
啊！
抽送
抽送
ギッ

啊
嘰…
啊!
嘰…
嗯
唔
嘰…
啊
嘎嘰
啊
嘎嘰
嗯
……什麼嘛。
原來不是「女朋友」…

噹——噹——
甲斐——
來來！來來！
啊！好的。
這原本應該是我的工作……
沒關係，我們這些教職員跟越後先生共事更久。
請問多少錢？
一個人三千圓。
大家打算合資幫越後先生買結婚禮物，
你要加入嗎？
老實說，他跟前任分手才一年就決定結婚了，我們都有點擔心。
……咦？
奇怪？你沒聽說嗎？

悄聲
越後先生去年經歷一場轟轟烈烈的失戀。有一陣子他整個人暴躁到大家都看得出來。
還踹了垃圾桶。
悄聲
當時行政人員只有他一個，我們在討論要不要幫他分擔工作的時候，
你就剛好來報到了……
嗨，兩位！
摟住
你們在說什麼悄悄話嗎？
啊……我得回去了！
咦？已經說完了嗎？
退退退
打擾了！
……
……與其聊我的事，
不如聊聊你的戀人？

昨天我跟你講電話的時候，其實已經站在你家門口了。
外頭都聽得到你們激情的聲音。
哎呀……
……沒想到你居然是同性戀……
噗通！
……奇怪……
這個人在說什麼……
噗通！
噗通！
你說怎麼辦呢？
我該不該在職員會議上報告這件事？

……咦？
ドクン
※噗通
男人跟男人的交往是這麼嚴重的事嗎……
不過我當初……
ドキン
確實也煩惱了很久，至今都沒公開……
ドキン
ドキン
……開玩笑的。
我也沒渣到那種地步。
拍！
叮咚！
啊——我來了。
剩下的今天到你家再詳談吧。
撫
越後先生，最近還好嗎？
我好得很呢，畢業生——

……怎麼辦？
106
甲斐
簡單來說，
請各位也看看這裡的燈景。
今年也是美輪美奐呢！
我也不是不能理解。

男人之間也能舒服到發出那種聲音啊……
我其實……挺有興趣的。
不過做愛就真的沒辦法了。
所以呢，
把右手借給我一下吧？
END

再見了遠行的右手
後篇

右手借我。
……越後先生，
難不成你喜歡我？
……

怎麼可能！
胡說八道什麼呢……
你忘了嗎？我都快結婚了。
算是婚前恐懼症吧……
新奈的事我可以替你保密，
條件是你要陪我玩玩。
如果這是威脅，我拒絕。
……
ぐっ

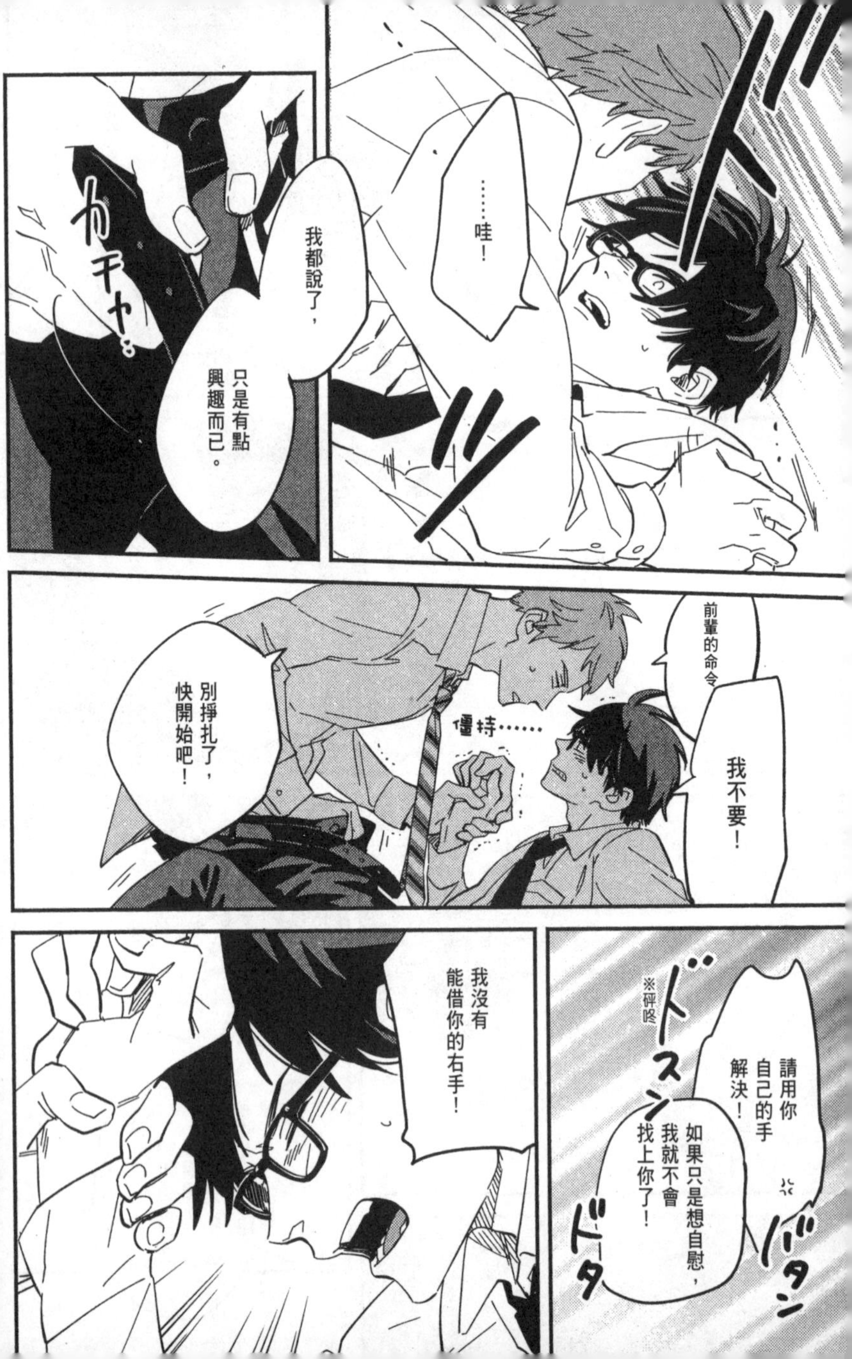
……哇！
我都說了，
只是有點興趣而已。
カチャ
前輩的命令
我不要！
僵持……
別掙扎了，快開始吧！
請用你自己的手解決！
ドスン
※砰咚
如果只是想自慰，我就不會找上你了！
バタン
ドタ
我沒有能借你的右手！

那左手也行。
哇！
握好。
抓
只要握著就好了。
懂嗎？
哇ー
套弄
套弄
套弄
這人有什麼毛病？
喀噠
喀噠
喀噠
哈哈哈哈！
哈哈哈！
喀噠
唔…
喀嚓
呼！
套弄
喀嚓
套弄
套弄
呼
喀噠
套弄
呼
喀嚓
喀噠
可惡…
可惡…
套弄
喀噠
套弄

呼—
搞不懂……
呼—
套弄
……越後先生，還是停下來吧……
套弄
喀噠
喀嚓
套弄
不用你管！
套弄
呼
你不要誤會……平常我都能勃起！
喀噠
套弄
呼—
套弄
喀嚓
他到底想做什麼？
喀噠
喀嚓
…因為對象是你，我才硬不起來……
呼—
套弄
喀噠
套弄
喀嚓
呼—
喀嚓
套弄
呼—
是你不好！
我跟他在一起的時候都沒問題！
越後先……
套弄
喀嚓

「那個人」是男的嗎？
啊……
我懂了。
……
難不成，去年甩了你的人，
……是個男人？

呼……
根本說不上甩不甩，我連正式的告白都沒做過。
拜此所賜，我們依然維持著健全的友誼。

……雖然，
曾經半開玩笑替對方打手槍，
因為是朋友……
……他還傳了小孩的照片給我。
哈哈……
噗通！
噗通！

……好了。
我也該回去了。
嘿咻！
越後先生！
你還喜歡著他嗎？
今天是我不好。

……
等等。
你該不會是為了讓自己放棄才結婚的吧？
請你不要做這種事！
如果現在取消會場，我得負擔全額。
就算是這樣，取消也還不遲……
太遲了。
「沒能把心意告訴他」。
就注定沒結果了。

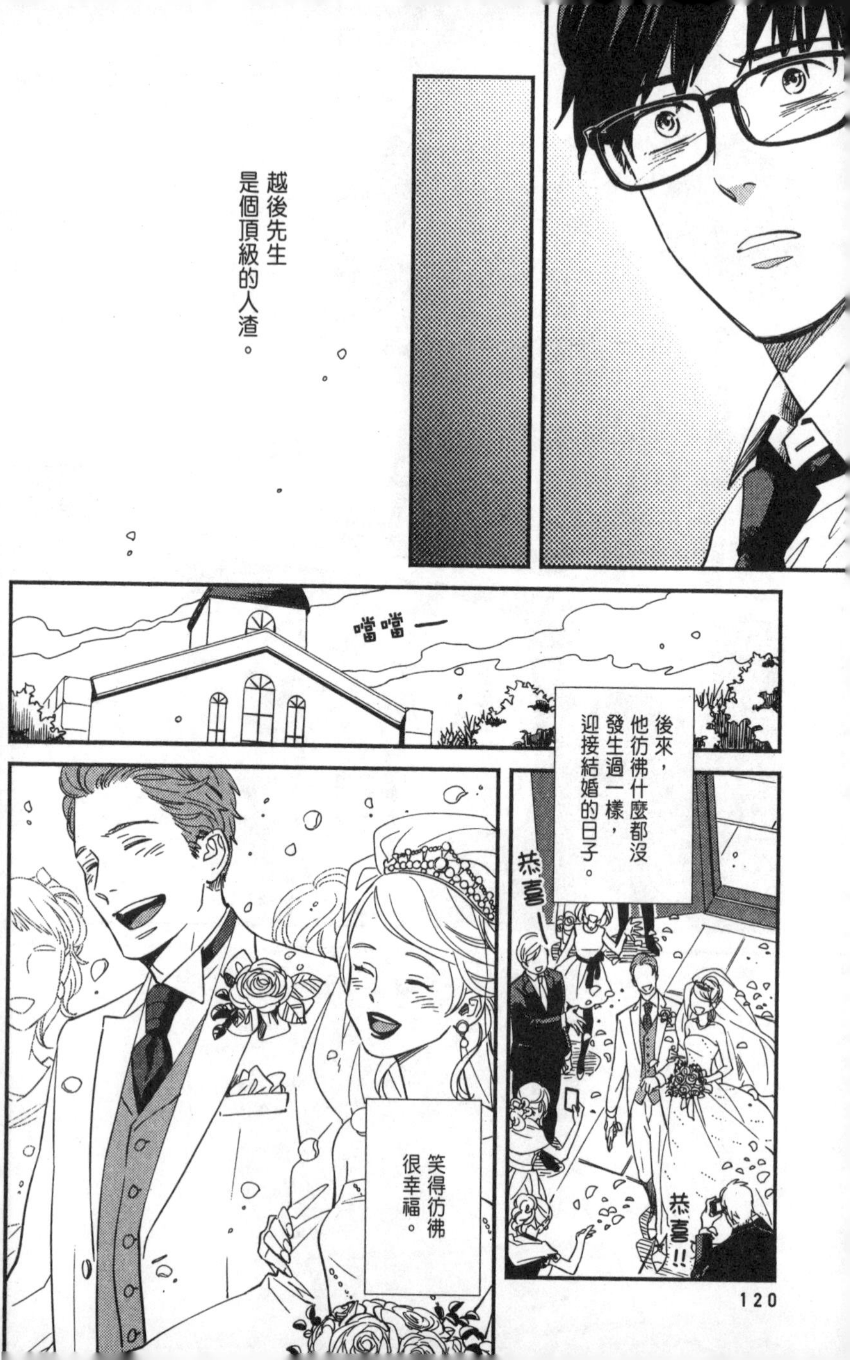
越後先生
是個頂級的人渣。
噹噹—
後來，
他彷彿什麼都沒
發生過一樣，
迎接結婚的日子。
恭喜—
恭喜!!
笑得彷彿
很幸福。

但我一點也笑不出來。

接下來，請職場的後輩甲斐輝一先生為兩位獻上祝福。
甲斐輝一先生請上台。
鼓掌
鼓掌
鼓掌
咚！
哈哈哈哈！
哈哈哈哈！
哈哈哈哈！
叩叩叩！
今天……
我要恭喜兩位完成終身大事。
那個人……就是我們之前遇到的甲斐吧？
「名字像政治家的陰沉後輩」。
對，這個臭小子……
他來的時候穿得跟平常沒兩樣，我一氣之下就塞給他隱形眼鏡，還幫他弄了頭髮。
我親自來！

太驚奇了，他是那種稍微打理過就會判若兩人的類型。
可能是我的菜♥
我是方才司儀介紹的甲斐。
今天請容我僭越，以越後先生後輩的身分表達我的祝福。
對吧？
畢竟那傢伙只是在裝陰沉。
我只是一個就職還不到一年的菜鳥，多虧有越後先生的支持，我才能安心完成自己的工作。
越後先生，
很遺憾，
我跟你不一樣。

……不好意思，
藉著這個機會，我有點私事想跟大家公開。
今天要到外校大學，我要跟難得見上一面的朋友聚會，
是我嗎…
之前就叫你把時間空出來了！
高中時的朋友
結果你又放我們鴿子！
抱歉～

我這星期也要去赴約……
所以我得先走了。
這就是重點。
為什麼你每次都去女朋友家？
偶爾也跟我們聚聚吧！
帶女友來讓我們認識！
逼近
好了好了！
我不要。
為什麼啦！煩耶——每次都在講一樣的事情……
叩！
不是說了嗎？
我的對象比較怕生，所以……
……咦？
哈哈
新奈？

呼
咦…？
輝一……？
ドサ

新奈，
我們不要再隱瞞了……

咦？
喂喂，誰啊！？好熱情的擁抱！
……
……啊！
那個……是甲斐啦！你們不記得了嗎？
高中跟我們同班的……
咦？發生什麼事了？
甲斐？
我想起來了，戴眼鏡的傢伙！
說起來，畢業前你經常跟他混在一起呢。
……他是，
我男友……

……啊？
男友？
你在說什麼……
那個……
我，
跟新奈在交往。

……
就這樣，下次見。
新奈，我們走吧。
咦？
去哪…
去你家。
JR線のりば
啊！
…等、等等！
喂！
抓住

那個……
……該怎麼講呢……
說得好！
沒錯！說得好！
我會替你們加油的！
對！就是這樣！
攬住！

抱歉，突然跑來找你。
本來想說到了再跟你聯絡，
幸好沒有錯過。
你剛才是在做什麼？

……突然，
在所有人面前抱住我，
我當下會反應不過來。
而且，
冷不防，
就說什麼不要隱瞞了……
之前明明一直努力隱瞞著，你這是在做什麼!!

我以為！
你一定不想讓別人知道交往的事！
因為你一直都很被動，跟以前一樣什麼也沒變！
我還擔心你會不會覺得很煩，只有我自己一頭熱！
「光是我們兩情相悅，這就夠了，我不奢求從新奈身上得到更多。」
「因為不想被他討厭，所以我努力不改變。」
我擔心或許你已經後悔跟我交往了……
「沒能把心意告訴他，」
「就注定沒結果了。」
我很害怕所以問不出口，
又不能找別人商量……
我和新奈，

戈喜歡
好像還站在
那面牆壁前一樣。
ザワ
ザワ
ザワ
看到了嗎？
剛才那個！
看到了
看到了！

今天，我把我們交往的事情告訴大家了。
我擅自在婚禮致詞時出櫃，
結果被越後先生罵，說我是婚禮破壞者……
……雖然不知道今後別人會怎麼說，
但我已經不在乎了。

……我只想，
只想趕快跟你接吻。

哈哈哈哈！
讚喔—
咻—
加油—
不妙！
聖誕快樂—
呼
恭喜—
都男的！男的！
真的假的？

交往的是我們，
別人愛怎麼說是他們的事。
事情明明就這麼簡單。
嘎嘰……
……唔！
啾…
……輝一……
快…快點……
阿姨叔叔他們呢？
今天會…
晚歸…

抱歉，
グイ！
我等不及了。
沒關係……
快點……
呼！
啊！
ヌリッ
グプン
ギッ
啊啊！
——我，

呼
其實已經受夠遠距離了。
ギッ
※嘎嘰
我只想每天…
嗯!
ギッ
ギシ
ギ
每天跟你在一起!
嗯!
ギッ
啊!
跟你……
翻身…
ギッ
ギッ
……新奈!
哈!
抽送
抽送
新奈!
呼!
ギッ
ギッ
呼!

輝……一……
跟我約定……
過一陣子……一起住吧……
呼！
呼！
呼！
ギッ
……約定？
嗯。
啾
……等將來同居了之後，
呼！

再做下一個約定……
喂，婚禮破壞者，
那些花是怎麼回事？
人家送的。
不知為何。

在別人的婚禮上接受祝福是怎樣！
敲打
敲打
竟敢把人家的婚禮當私人發表會！
算了，這星期五有個慶祝我結婚的聚會。
自己辦慶祝會的類型
啊……週末是聖誕節，我沒空。
星期五只是聖誕夜的前一天吧？
這是回敬你逼我握軟趴趴的東西。
呼…
我要去見新奈的父母。
……以戀人的身分。

END

曙光的序章
前篇

這不是夢。
今天絕對不是在作夢。
大哥，
等你回來再一起住吧。
今天絕對……
我果然不能沒有哥哥，哥哥不在好寂寞。
——晃一。
驚醒！
晃一！
你的電話在響。
嗡——

嗡—
「甲斐輝二」是你弟弟吧？
我之前外派到印度一年，已經回日本一個月了。
啊……
又是夢嗎……
我今天又夢到跟離鄉背井的弟弟一起住了。
又夢到弟弟了？
要不要我幫你拿杯咖啡？
嗡
……啊，抱歉，
你可以先留在這裡嗎？
嘎嘰
但這個夢不可能實現了。
我有事情想拜託你。
嗶

大哥……
你終於接電話了。
輝一〜〜
デレ
デレ
我剛好在忙工作。
產品突然要改規格，部門亂成一團。
已經三天沒回……
工作忙碌不是理由。
我知道你是因為不想見我的「男朋友」，才故意躲著我。
答對了
我不會勉強你接納我的對象是男性。
對象是男的還是女的一點都不重要！
只是希望你能見他一面而已。
我只是不想見弟弟的對象罷了！
去見在弟弟心中份量比我還重的傢伙！

哥哥!!
小我八歲的弟弟，一直都是我一個人的天使。
哥哥教我的題目，全都出了喔！
100
從小就是如此。
這是宵夜，哥哥加油！
不曾改變。
性教育
這片是女高中生隔褲相○
這片是色狼直播黃龍
在父母過世後也一樣。
謝謝哥哥賺錢負擔我的生活費。
家事全都交給我來做吧。
輝一！
我會養你一輩子！
ギュム
原本以為我們兄弟會永遠一起生活，
但是，
甲斐，已經決定派你去印度分公司了。
咦？
突然的外派，使我們分隔兩地。
嗚哇哇哇哇哇！
是亞倫強力要求的。
他希望你加入印度分公司的開發團隊。

全都是你的錯。
……大哥？
你有在聽嗎？
當然有。
亞倫・傑因。
是我們部門的協調工程師。
上司=
……輝一，你是從什麼時候開始改叫我大哥的？
大哥從以前就是大哥啊。
我不是那個意思，你以前都叫我哥哥……算了。
總之呢～
工作能力一流，精通三國語言的印度混血上司，年紀比我小。
不是輕浮男。
日本名是月山彰。

都是你
害我弟弟墮落。
總之我很理解
你們的情況，
輝一。
既然如此⋯⋯
其實，
回到日本後，
我有件難以啟齒的事
一直沒有告訴你。
所以，
身為上司，
你得負起責任。
我也交了
一個男性戀人。
我把電話
拿給他。
咦？
咦!?
接下來就
拜託你了，
亞倫。
請以「我男友」
的身分
跟舍弟說話。
悄聲
悄聲
?!
他在
你旁邊？

咦!?
慌張…
啊……
你好……我是你哥哥公司的同事，我叫亞倫．傑因。
……咦？外國人!?
不是！他只是混血兒……
至少能讓弟弟不必太顧慮我這個哥哥。
當初果然應該把輝一帶去印度……
嗚嗚……

晃一！我跟你弟弟約好下星期見面，怎麼辦！
約就約啊。
在那之前你得假裝是我男友。
咦——
這是什麼未經思考的行動？為了不讓弟弟尷尬，向他表明自己也是同志？
還是想報復我害你跟弟弟分隔兩地？
兩個都是正解……
我會付一萬圓當打工費。
你就當作是為了優先選擇工作你而不是弟弟的我。
……我不需要一萬圓。
而且我比你會賺錢。
那兩萬怎麼樣？
……我不要錢。

我們認真交往吧？晃一。
對弟弟說謊也不太好。
既然如此，我們乾脆成為一對戀人不就好了。
……知道了，我付五萬。
我跟你弟弟說實話吧……
知道了啦！交往就交往！
嗶

那就給我
一個契約之吻。
在這裡。
啾
……
唉……
那我們趕緊
把今天的工作完成，
繼續做那一夜
沒做完的事吧？
……我現在
累死了，
一定硬不起來。
哈哈哈！
總之先從
一起睡覺
開始。
「那一夜」的事，
我已經記不清了。

第一次外派，獨自來到陌生的異國，
也是第一次跟輝一分開。
懂日語的熟人只有亞倫一個。
晃一
晃一
晃一
晃一
喝了酒之後我不禁感到寂寞。
輝一…
晃一！晃一！等等我！
才一下子沒看到你，你要去哪裡？
哇……是日語耶~
當然是要去可以抱女人的地方……

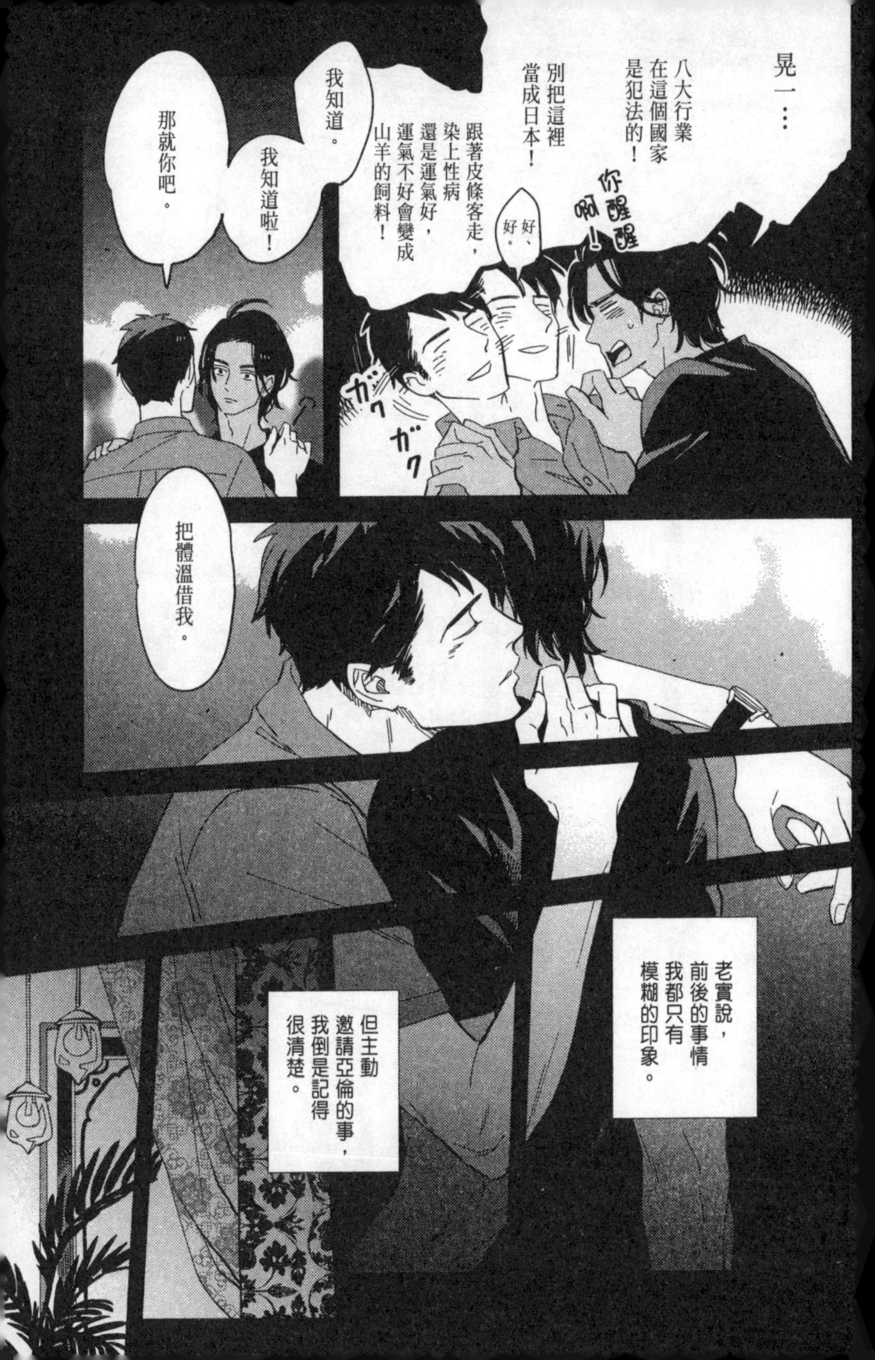
晃一…
八大行業在這個國家是犯法的！
別把這裡當成日本！
你醒醒啊！
跟著皮條客走，染上性病還是運氣好，運氣不好會變成山羊的飼料！
好、好。
ガクガク
我知道。
我知道啦！
那就你吧。
把體溫借我。
老實說，前後的事情我都只有模糊的印象。
但主動邀請亞倫的事，我倒是記得很清楚。

對象是男人，
我根本硬不起來，
所以沒跟他發生關係。
而且我喝得爛醉。
亞倫一整晚
都溫柔地將
醉醺醺的我抱在懷裡。
就算對象是個男人，
人的體溫
果然很舒服。
暖呼呼的感覺
治癒了我。
然後……
你整晚
都叫我輝一。

哪有可能！
剛沖完澡
事實就是如此。
我再怎麼戀弟也不會想抱他……
會不會你潛意識中是想抱他的？
我話先說在前頭，
你是我第一個找上的男人。
我知道。
壓上…
你只是因為寂寞，所以眷戀別人的體溫。
沒錯。
你是個戀弟又怕寂寞的人。
對！你很清楚嘛。
好重
那我也先跟你說清楚，
我不做沒有愛的性行為。

事到如今說這個幹嘛？
那天如果我勃起了，你肯定會做吧？
不會。
我怎麼可能跟一個滿嘴喊著弟弟名字的人上床，聽到就軟了。
你敢斷言？
嗯。
……我呢，
只想跟你做形式上的情侶。
你可以接受嗎？
抱……
貼上
當然不行。

嘎嘰……
所以拿出真心來愛我吧，晃一。
啾……
還真心咧……
算了，我會盡量努力。
嘎嘰…
現在問好像晚了，但亞倫應該是同性戀吧？

否則他不會
跟我做這種事。
但如果
他是同性戀，
ぐっ
我可能對他提出了
很糟糕的要求，
而且還很輕浮。
嗯唔
顫抖
呼呼
顫抖
亞倫……
你的屁股
好柔軟。
摸起來像胸部。
むに
むに
晃一…
你好像大叔…
戀人之間
應該更有
氣氛……
もにゅ
もにゅ

呵——
氣氛啊……
真拿你沒辦法。
也算是感謝印度那晚的事。
啾……
啾……
啊
啾……

舔—！
啾……
呼
唔
嗯
搓弄
ビク
氣氛的效果？
好大。
ギュ
因為太累了……
啊—我懂我懂。
得好好慰勞你才行。

啊啊……
啊……這個。
ニュル
ニチャ
呼……
啊……
晃一……動得這麼快……
我馬上……就會射了……
顫抖
顫抖
我也是男人，可以想像怎麼弄比較舒服。反應不錯❤
怦咚！
咕啾
怦咚！
咕啾
這情況真是出乎預料。
比我喜歡的AV更讓我興奮……
想射在、晃一，
撐開
你的嘴裡……
插入
呼
咦？

不用擔心……
呼
咦？
等一下！
只要舔一舔就好了。
ビキ‥
接著換我幫你。
等……
塞入…
什……
唔
噗啾啾啾
唔唔！
唔！
……晃一，
你忘了一件重要的事。
唔
グッ
グッ
グッ
嗯唔

我也是個男人。
你大概只想到我被你抱的情況吧？
唔！
退出
沒想過或許你才是被抱的那一個？
嗯唔
退出
ヌポン
ビュルル
…唔！
…晃一，
我是認真的。
呼
呼
顫抖
噗哧！

說不定你會
忘了你弟弟的事。
ヌル…
呼
來，
迎接嶄新人生的
曙光吧，
晃一。
END

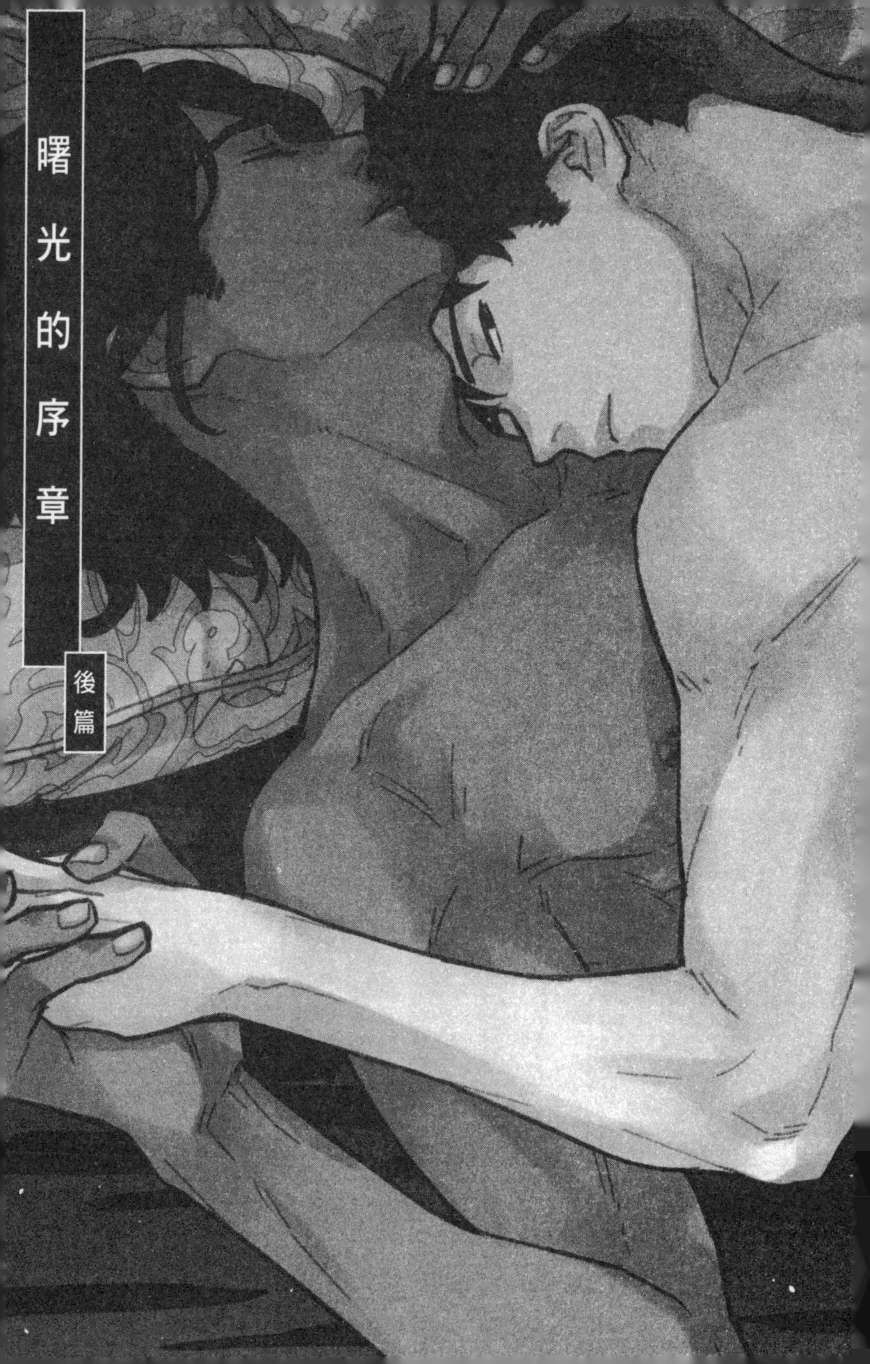
曙光的序章
後篇

什麼嶄新
人生的曙光？
ジュブ
ジュ
ジュブ
ジュブ
我也不會……
嗯
唔
顫抖
嗯
這麼輕易…
啊！
就算跟我說
這些甜言蜜語，
舔—
天亮了。

!
顫抖
咕啾
等…等一下，那邊是……
戳
別插進……咦咦——
ぬるるるん
進去了。
不妙不妙！等一下！不行不行不行不行！
怎麼可以弄那邊……
掏弄掏弄
唔哇！
不會吧！
啊！

啊——
第一次被男人的手弄到高潮。
而且連屁股都被手指侵犯了。
手指…
嗯嗯
為什麼又插進來了啦！
嗯唔
…晃一，
呼
呼
咕啾
咕啾
感覺得出來嗎？
已經放進兩根手指了。
ぐにゃ

ザァァァ
應該可以再放一根進去。
為什麼……
身體深處好疼……
那就快……插進來……
呼
驚！
ばっ
呃！
不對！剛才不算！
要不要試試看？
笑咪咪
……
試……

是為了輝一……
是為了輝一……
我迎來嶄新
人生的曙光了。
ザーーアアア
塗抹
呼ー
呼ー
啊！要插進來了。
呼
緩緩進入
ドキン
進來了……
ドキン
呼ー
呼！
進……來……
ドキン
グググ
呼！
ザーーアアア
呼

滑出
下一步，
要有愛我才會繼續。
ギュ
……可以嗎？
不做到最後……
因為，
我想認真跟你交往……

呼…
虧我…做好覺悟了…
呼
甲斐！
晃一・甲斐！
我要回印度了，
想說先來看看你。
!

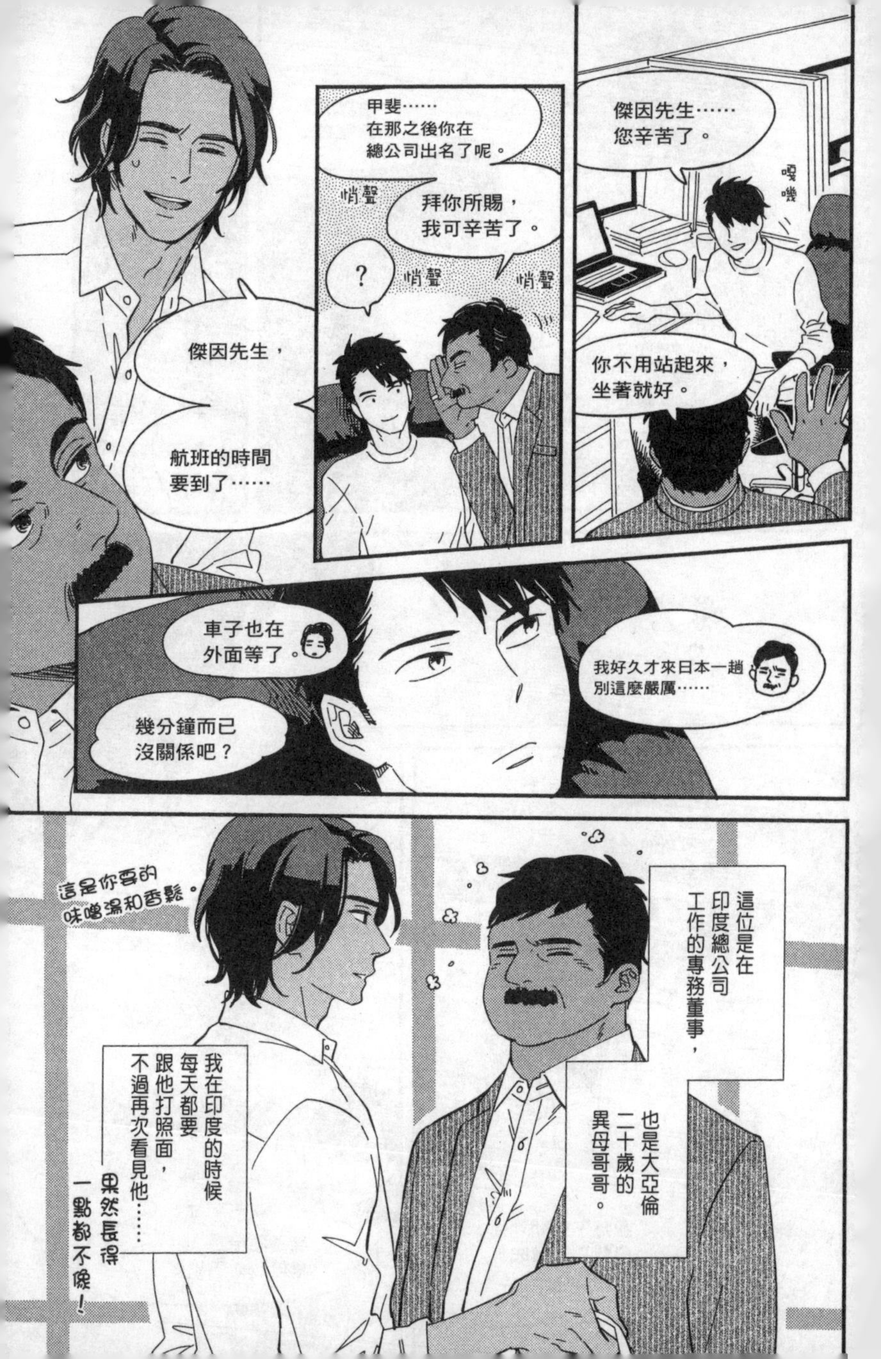
傑因先生……
您辛苦了。
嘎嘰
你不用站起來，
坐著就好。
甲斐……
在那之後你在
總公司出名了呢。
悄聲
拜你所賜，
我可辛苦了。
?
悄聲
悄聲
傑因先生，
航班的時間
要到了……
我好久才來日本一趟
別這麼嚴厲……
車子也在
外面等了。
幾分鐘而已
沒關係吧？
這位是在
印度總公司
工作的專務董事，
也是大亞倫
二十歲的
異母哥哥。
我在印度的時候
每天都要
跟他打照面，
不過再次看見他……
果然長得
一點都不像！
這是你要的
味噌湯和香鬆。

話說回來，我在印度成了名人？為什麼？
所以呢？怎麼樣？
悄聲……
你是認真想跟我弟弟亞倫結婚嗎？
嗯？
我已經說很多次了，他是認真的。
我是問甲斐，早就聽你講到膩了。
甲斐！你明白吧？
總之因為你的關係，計畫全都泡湯了。
ピシ
雖然不會開除你，但我要你負起相對的責任。

時間已經到了。
什麼事情？
到底是…
我不久後還會再過來一趟，到時候給我答覆。
拍！
還有，你以後別再喝酒了！
……
你在幹嘛？
酒…
……咦？
我是不是忘了什麼非常重要的事？

晃一，謝謝你。
對了，我記得他有跟我道謝。
但為什麼？
謝謝你⋯
我做了什麼來著？

晃一，
你告訴我，「這是嶄新人生的曙光」。
吸煙處
老實招來。
……不如說說你還記得什麼？
跟輝一分開後，我很寂寞……
然後你抱著我睡了一個晚上。
就這樣

那天是總公司慣例的外國人交流會……
……實際上是我哥哥的演說大會。
啊……是喔。
今後的時代，開發離岸公司的業務應由我們掌握主導權…
我們每天都抱著粉身碎骨的心態工作，終於看見一絲光明…
幸虧有上帝和家人的支持，才能撐過辛苦的每一天……
外國人可以來喝免費的酒，但代價就是得聽我哥哥長篇大論。
內容一如往常，是他的英勇事蹟。
今天我要向各位介紹我的家人之一。
這位是我的親弟弟，亞倫·傑因。
我們同父異母，他是日本人。
介紹我的流程也跟平常一樣。
不過，
パチ
パチ
因此他現在擔任日本分公司的協調工程師。
パチ
說來慚愧，亞倫是我父親在日本外遇生下的孩子。
brother?
twilight?
クス
クス
toilet?
shh…
拜此所賜，親戚都稱呼他為暮色(Twilight)。

但我並沒有
捨棄這個弟弟。
為弟弟設計幸福的藍圖
也是哥哥的工作。
這次託各位的福，
我已經訂好日子，
讓他跟我選上的女孩相親。
亞倫將來
一定會跟我一樣，
過上成功的人生。
晃一，
那天你也在。
ゴン
你是我看過
最差勁的哥哥。

剛才聽你講那些話……
你到底把弟弟的人生當成什麼了？
我明白你想把可愛的弟弟關起來的心情，
但那種行為不是愛！
晃一…
ずい
這裡是IT產業的起源地，你怎麼還在幹這種陳腐的事情？
日語嗎？請用英語說。
亞倫，你也別沉默，好歹說點什麼！
什麼叫暮色？
Twilight
你的名字是曙光吧！
亞倫

特別允許外國人
喝酒就是這樣……
酒這種東西只是貴而已，
沒什麼好處。
喂！
把甲斐的酒收走。
誰去拿杯茶
給他醒醒酒。
請您
放手。
……晃一，
我可以把你
牽扯進來嗎？
……
什麼程度？
要跟我
結婚的程度。

好像很有趣，
我無所謂。
事情就是這樣。
希望亞倫下星期的相親可以順利……
哥哥，
我……
打從心底愛著他。
除了他以外，
不會跟任何人結婚。

……哈哈！
來這招啊？
?!
這是你嶄新人生的曙光呢，亞倫。

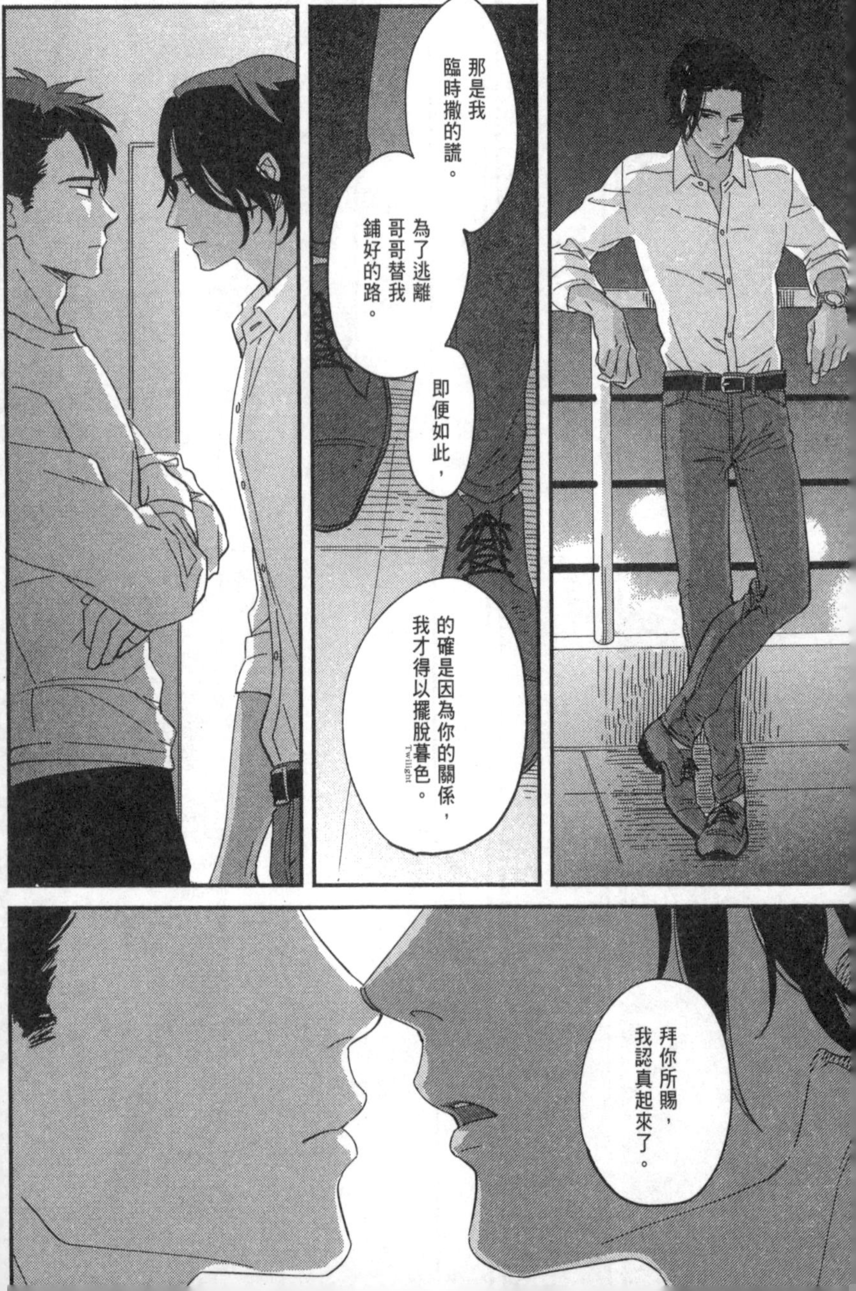
那是我
臨時撒的謊。
為了逃離
哥哥替我
鋪好的路。
即便如此，
的確是因為你的關係，
我才得以擺脫暮色。
Twilight
拜你所賜，
我認真起來了。

「謊言中誕生的真實」嗎……
唔……
我還是暫時戒酒吧。
咕啾……
這麼濃烈的吻，我再不願意也會明白……
啾
啾

亞倫是真心的。
啾……
……亞倫，
告訴我，什麼是「有愛的性行為」。

即使想忘
也忘不掉的
性愛。
呼……
呼
ヌチッ
呼……
ヌチッ
ヌチッ
呼
唔
啊!
ニチッ
唔!
ニチッ
嗯!
グッポ
※掏弄
グッポ
嗯!
顫抖
嗯!
啊!
那裡……
顫抖

……抱歉，手指到此為止。
嘎嘰！
解開
啊！
這次來真的……
……晃一。
怦咚！
怦咚！

我一定會讓你很舒服的，放心交給我吧。
怦咚！
沒想到，
我會因為這樣的台詞，
怦咚！
怦咚！
感到怦然心動。
唔
不要…太用力……
唔
試著抱緊我。
……唔！
グッ

你看，全吞進去了。
退出…
呀……
啊！
唔啊
插入
……啊！進到裡面了……
嗯嗯！
嗯嗯！
ぐっ
ぐっ
好熱……
嗯嗯！
晃一…
抽送
ヌチッ
ヌチッ
亞…
啊！啊！啊！
ヌパ
不行了…
我先射一次。
啊！
啊！
パン
啊！

灌注……
灌注……
灌注……
不妙……
呼…
呼ー
顫抖
呼…
顫抖
呼…
呼ー
呼!
呼ー
這是怎樣?發出好淫蕩的聲音……
呼
我換個保險套,等我一下。
呼…
ばッ
啊!?
現在開始才是重頭戲。
撕

ズプン
※挺入
啊……唔！
啊啊！
……哈哈、哈哈……
你在笑嗎？還真從容。
呼……
呼
因為……你……
呼
我？
啊啊！
呼
好像比我……還舒服的樣子……
……什麼意思？
呼
パンッ

真開心。

早安。
……早。
不是作夢啊……
謝謝你把手臂借我當枕頭。
好說好說～
可惜不是。你有睡好嗎？
……嗯。
啾
想必今後再也不會夢到，前一陣子每天都夢到的輝一了。

END

然後，發生許多事情後，終於還是來到這一天。
曙光的終章 Daylight • epilogue
初、初、初次見面！
緊張
我是木曾新奈！
葡萄酒
日本酒
不是初次見面吧？房東的兒子。
歡迎光臨
我倒是真的初次見面。
唔唔！說的是日語！
我是日本人。
亞倫先生，謝謝你今天提供場地。
好漂亮!!好寬敞!!
哪裡……因為我家離車站最近。
而且這些料理全都是你做的嗎？
好厲害!!餐廳等級!!
只是一些簡單的料理。

亞倫先生跟輝一好像！
真好吃——
驚！
只有輝一還未成年
是啊！擅長料理和整理家務，連頭腦都很好！
叮！
我懂我懂，賢妻良母型！
新奈，我跟你好像很合得來。
喂喂！喝太多囉？剛成年的。
大舅子！今天就喝個痛快吧！祝我們將來都能幸福美滿！
耶——!!
耶——!!
我單刀直入問了，
亞倫先生，你真的是大哥的男朋友嗎？

為何這麼問？
嘩啦—
抱歉……
因為我不覺得大哥會跟任何人認真交往。
按照他的個性，八成只是為了不讓我顧慮太多，
所以拜託公司的同事扮演「男朋友」的角色……
我是這麼想的……
好敏銳的弟弟……
如果真是那樣，請接受我的道歉。
不…你不用道歉。
我是打從心底喜歡你哥哥，所以你大可放心。
大哥也是打從心底喜歡你嗎？

我覺得……
他只是想要找一個人代替我。
……
嘩啦——
喂——
大舅子～
大舅子～～
鼾——！
還叫我不要喝太多，你別剛講完話就自己先倒了啊！
快把你珍藏的A片精選告訴我——
拍！
拍！

啊……
就是你啊，新奈。
嗯？
輝一喜歡的A片……
「內射機關槍」系列的瑟蓮娜跟你長得一模一樣。
他老是說，
房東家的兒子跟瑟蓮娜長得好像，
所以當我知道對象是你……我立刻就瞭解了。
嘻嘻嘻！
突然被曝光的戀愛開端。
……
咦？真的嗎？
……是說，咦？
我好像不該擅自說出來……
慘了ー
哎呀，你別介意，那只是個契機。
大、大男子！
怎麼辦！我也是！

喝醉就會得罪朋友的類型

「空套業射」系列第三彈，
空套＝空氣保險套
有個轉職的土氣黑髮眼鏡女，超色的人妻……你有印象嗎？
……啊！
跟輝一很像……
沒錯！
真的假的！你們兩個也太有默契了！
哈哈——!!!
啊！但那只是契機喔！
是說你喜歡空套業射喔？真復古！
我中意你!!
晃一，
可以過來一下嗎？

怎麼了？表情這麼可怕。
是說你剛才有聽見新奈說的話嗎？
他們兩個……
……亞、
倫……
舔弄
啾

等……等……
你這是怎麼了？
輝一他們都在……
被他們看到也無所謂。
你弟弟很擔心，
怕我只是你找來代替他的人。
沒有人可以代替我弟弟（輝一）。
也沒有人可以代替你。

我只想跟你做這種事。
不說你就不明白嗎？
……嗯。
我不明白。
多說一點？

ドスドスドスド
好啦好啦，你們是在談認真的戀愛！知道了！
那個印度人也太不成熟了吧！比越後先生還難相處。
明知道我在還光明正大跟大哥上床，火大！
堂而皇之穿白T恤和白色休閒褲也令人火大！
大哥也真是的！從以前就這樣，只要喝酒就會誤事！
祝你們幸福啦！
……
不再是大哥心中的第一，
沒有我想像中那麼寂寞。
新奈，我們今天先回去吧。
唉—
在大哥他們起床前趕快離開……
輝一！

我願意為你扮演瑟蓮娜！
還有，
長年的夢想!!
可以的話讓我上!!
空套業射 vol.3
人妻修理
所以你也為我扮土味淫蕩人妻吧！
情報過多
總而言之，
謝謝你。
抱緊
一切都是託你的福。
……咦？
也就是說你答應了!?
那個女優因為跟未成年的偶像們開大麻亂交派對，被警察抓了。
本人不重要啦！
答不答應啦?!
END

Moon Bleu漫畫系列

曙光的序章(全)

（原名：夜明けの序章）

著者／三月 えみ　　譯者／田心宇
發行人／黃鎮隆
法律顧問／王子文律師 元禾法律事務所 台北市羅斯福路三段37號15樓
出版／城邦文化事業股份有限公司 尖端出版
台北市中山區民生東路二段141號10樓
電話：(02)2500-7600 傳真：(02)2500-1974
E-mail：4th_department@mail2.spp.com.tw
發行／英屬蓋曼群島商家庭傳媒股份有限公司
城邦分公司 尖端出版
台北市中山區民生東路二段141號10樓
電話：(02)2500-7600 傳真：(02)2500-1974
讀者服務信箱E-mail：marketing@spp.com.tw
北中部經銷／楨彥有限公司
Tel:(02)8919-3369 Fax:(02)8914-5524
雲嘉經銷／智豐圖書股份有限公司 嘉義公司
Tel:(05)233-3852 Fax:(05)233-3863
南部經銷／智豐圖書股份有限公司 高雄公司
Tel:(07)373-0079 Fax:(07)373-0087
香港經銷／一代匯集香港九龍旺角塘尾道64號龍駒企業大廈10樓B&D室
Tel:(852)2783-8102 Fax:(852)2782-1529

2020年11月1版1刷

郵購注意事項：
1.填妥劃撥單資料：帳號：50003021號　戶名：英屬蓋曼群島商家庭傳媒（股）公司城邦分公司。　2.通信欄內註明訂購書名與冊數。3.劃撥金額低於500元，請加附掛號郵資50元。如劃撥日起10～14日，仍未收到書時，請洽劃撥組。劃撥專線TEL：（03）312-4212・ FAX：（03）322-4621。